句集 一人十色

梅沢富美男

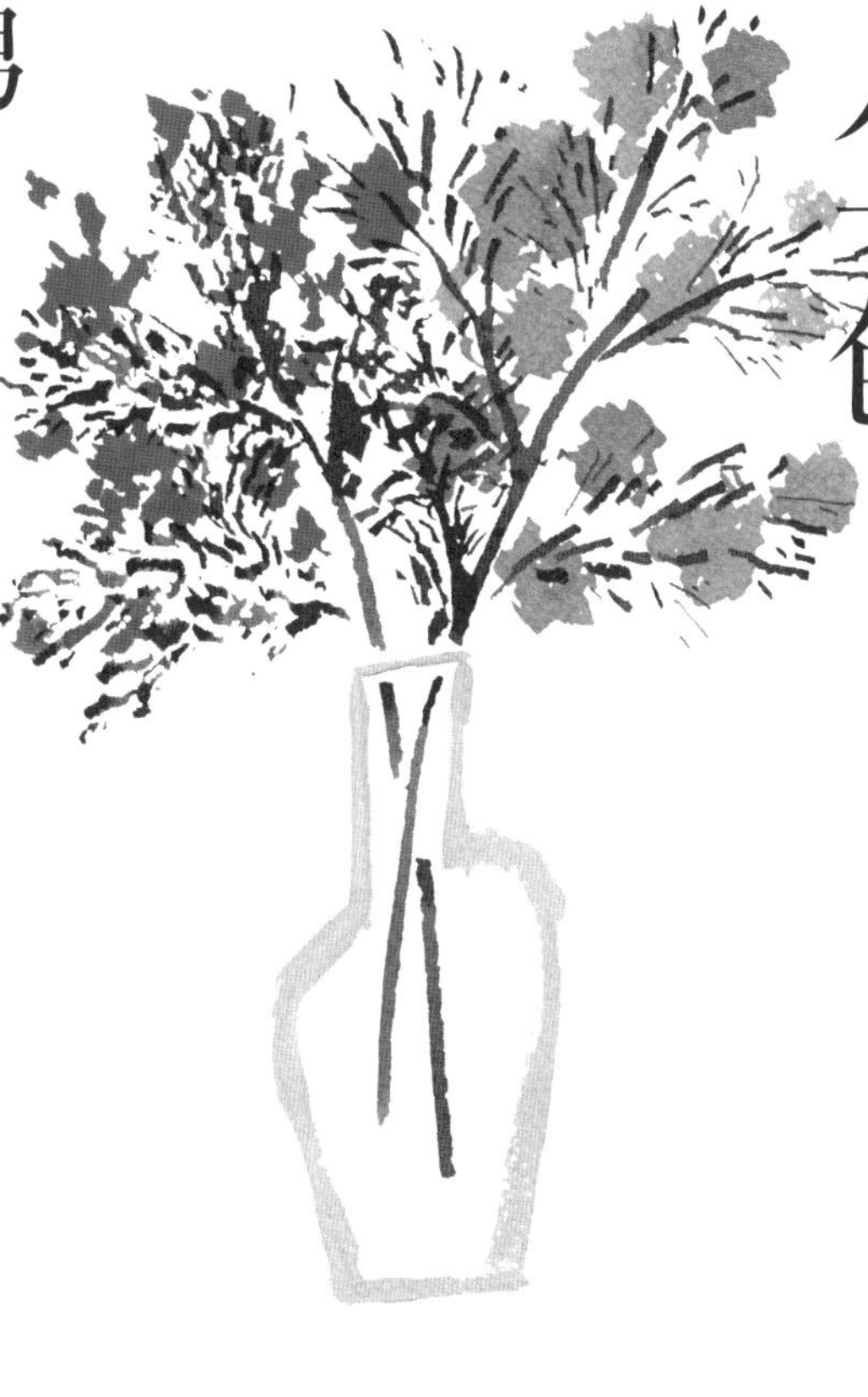

はじめに

句集『一人十色《いちにんといろ》』をお手にとっていただきまして、ありがとうございます。

私は、役者、女形、歌手、コメンテーターなど求めていただくままに一人でたくさんの役を担わせていただいてきました。そして、そこに俳句も加わった。一人でたくさんの色を表現する自身の人生に思いを馳せ、『一人十色』という句集のタイトルとしました。

テレビ番組「プレバト!!」(毎日放送)で俳句をはじめたのが約9年前。それまでは、俳句の世界に触れたことはありませんでした。そんな私が、句集を出すことになろうとは。

実のところ、永世名人になり句集を出す企画が持ち上がった時、私はお断りをしたんです。だって、俳句に打ち込んで何十年、あるいは人生をかけて俳句に打ち込んでいるという方がいらっしゃる中で、作句をはじめて10年にも満たない私が句集を出版するなんておこがましいじゃないですか。

もし私が、役者3年目で実力がついていないのに話題性だけで主役に抜擢された演者と同じ舞台に立てと言われたら、やりたくないですよ。私は60年間、役者をやっていますからね。同じ舞台に立つということは「戦い」です。ぶつかり合わなければいけない。だから、ちょっと人気があるくらいでは私は認めないし、同じ舞台に立ちたくないんです。

もし私が句集を出したとしたら、今度は自分が俳句の舞台に立つことになってしまう。それは、とんでもないことです！　だから、句集出版の企画は6、7回お断りしたんです。

でもね、ある日ちょっと待てよ、と思ったんです。

「これは興行収入いくらになる舞台です」と言われても、私はまったく魅力は感じないんです。でも、「この若手が主役の舞台ならば、演劇の種を蒔けるかもしれない」と言われると、やってみようかなと思うんです。

そんな自分の気持ちをさとってからは、「もしかしたら、俳句も同じかもしれない」と感じるようになりました。

中学までしか出ていない梅沢富美男が句集を出すということは、もしかしたら俳句の種を蒔くことにつながるかもしれない――。

夏井いつき先生も俳句の種を蒔くためにはなんでもする人ですよね。全国津々浦々渡り歩いて、老若男女に俳句の楽しさを伝えている。

そんなことに気づいてからは、少しずつ私の心も変わっていったんです。

句集出版の企画が決まってからは、地方公演に行くと必ず「句集、待っていますよ！」と言われました。手紙にも子どもたちが「おっちゃんの本が出るのを待っています！」と書いてくれた。

私の句集で、「俳句はおもしろいな」「自分もやってみたいな」と思う方が増えていけば、こんなに嬉しいことはありません。

番組で私の俳句を楽しみにし、「掲載50句」に至るまで応援してくださった皆様、本当にありがとうございました。これからも、まだまだ頑張っていきます。

句集『一人十色』、感謝の心を込めて丁寧に作りました。梅沢富美男の俳句を楽しんでいただけますと幸いです。

もくじ

はじめに …… 3

第一編 傑作五十句 …… 9

第二編 梅沢富美男の歴史

梅沢富美男永世名人への軌跡 …… 62

対談 梅沢富美男×夏井いつき
初回作品から句集完成までの道のり …… 68

第三編

梅沢富美男の学び

添削からの学び① …… 78
コラム 梅沢永世名人が選ぶ、永世名人・名人・達人 …… 98
添削からの学び② …… 100
コラム 子どもたちからの応援レターに励まされる …… 108
添削からの学び③ …… 110
9年間の俳句への思い …… 122

第一編

傑作五十句

ライン引き残してつるべ落としかな

銀盤の弧の凍りゆく明けの星

友ふたり卒業の日の病室に

空のあを富士の蒼へと飛花落花

道ばたの花束ひとつ虹立てり

嬰児の寝息の熱し砂日傘

旱星ラジオは余震しらせをり

廃村のポストに小鳥来て夜明け

牢名主のごと自販機のおでん缶

水やりはシジミ蝶起こさぬやうに

紙雛のにぎやか島の駐在所

鷹鳩と化すカフェオレの白き髭

緑青のカラン石けんネット揺れて夏

乗り換へのマフラーの波寡黙なり

爪革の紅のさくさく霜柱

春近し鳩居堂二階句帳買ふ

花粉来て獺の祭りのごとちり紙

給食費払へぬあの日の養花天

桐の花いつかは来ない紙袋

水玉の模様クロックスの日焼

読み終へて痣の醒めゆくごと朝焼

暮れてゆく秋の飴色セロテープ

火恋し形見の竜頭巻く深夜

何度目のオセロ薄目のこたつ猫

妻より楽屋見舞ひの加湿器来

四日はや雪駄でたぐる駅の蕎麦

あえかなる鏡の色をして冬日

春の雪なほ現役の鯨尺

トリミング終へて仔犬の腹や春

春愁をくしやと丸めて可燃ごみ

夏立ちぬバタークリーム強情で

ナイターの売り子一段飛ばし来る

子の傘に透ける窓あり青蛙

百物語最後の鏡に映る物

南国の果実色してハンディファン

玉葱を刻む光の微塵まで

蜩の声かけ流す湯殿かな

冷ややかや湖畔に肺の晒されて

黒七味蕎麦に振り込む義士祭

冬ざれや交差点蹴る明け鳥

縫ひ初めの楽屋朝日は母にさす

セルフレジだけのコンビニ花曇

髭あたる泡の甘やかな目借り時

桜蘂降るハシビロコウ瞬く

赤札のプードルを抱く帰路夕焼

祭果て開くや風の通り道

口開けの客は西瓜と連れ立ちて

秋寒や焦げた天麩羅箸の先

冬木立シャンパン色にさざめきぬ

湯玉ふつふつ春の厨の砂時計

第二編

梅沢富美男の歴史

2015年の特待生昇格から2020年の永世名人に至るまでの軌跡の一覧と、句集完成を記念した梅沢富美男×夏井いつきの特別対談で、梅沢富美男の歴史を振り返ります。

梅沢富美男永世名人への軌跡

2015

- 9.17 **たいくつなコスモス風を揺すりけり** — 5級 → 特待生昇格
- 10.1 千枚田海にくだけり稲すずめ — 4級 → 昇格
- 12.3 **湯もみ歌聞こゆ湯畑雪もよい**
- 12.10 車窓にはじょんがらのごと雪しまく

2016

- 1.21 **湯気ましろましらましろよ雪見の湯** — 3級 → 昇格
- 1.28 **かやぶきの垂氷に溶ける空のあお** — 2級 → 昇格
- 4.21 左見右見風を抱くや鬱金香
- 4.28 **ゆるゆると鷹鳩と化す日のリフト** — 1級 → 昇格
- 5.5 菖蒲葺く背伸びの空や鯉3つ
- 5.19 万緑を穿つ朱なる列車かな
- 6.9 **トランクの下の水たまりにも虹** — 初段 → 名人昇格
- 6.30 朝まだき町家にボレロ蝉しぐれ
- 7.7 肩上げのなおたくし上げ冷やし瓜
- 7.21 **遠花火音のみ響くビルの底** — 2段 → 昇格
- 8.4 **滂沱たる風鈴の音や市の朝** — 3段 → 昇格

●…昇格句　●…現状維持 or 降格句　○…タイトル戦での句　太字…本書掲載句

ヨシモトブックス　愛読者カード

ヨシモトブックスの出版物をお買い上げいただき、ありがとうございました。
今後の企画・編集の参考にさせていただきますので、
下記の設問にお答えいただければ幸いです。
なお、お答えいただきましたデータは編集資料以外には使用いたしません。

本のタイトル　　**お買い上げの時期**

句集　一人十色　　年　月　日

■この本を最初に何で知りましたか?

1 雑誌・新聞で(誌名　　)
2 テレビ・ラジオで(番組名　　)
3 ネットで(具体的に　　)
4 SNS で(具体的に　　)
5 書店で見て
6 人にすすめられて
7 その他
(　　)

■お買い求めの動機は?

1 テーマに興味をもって
2 著者に興味をもって
3 カバーに興味をもって
4 登場人物に興味をもって
5 その他(　　)

■この本をお読みになってのご意見・ご感想をお書きください。

■「こんな本が読みたい」といった企画・アイデアがありましたらぜひ!

★ご協力ありがとうございました。

post card

恐れ入りますが
切手をお貼り下さい。

1 6 0 - 0 0 2 2

東京都新宿区新宿5-18-21

吉本興業株式会社
コンテンツ事業本部 出版事業部

ヨシモトブックス編集部

フリガナ	性別	年齢
氏名	1.男　2.女	

住所　〒□□□-□□□□

TEL　e-mail　@

職業　会社員・公務員　学生　アルバイト　無職
マスコミ関係者　自営業　教員　主婦　その他（　　　　）

降格 2段 8・18 缶ピース線香がわり墓洗ふ

降格 初段 9・1 秋澄むや蒼し肺ふのありごころ

昇格 2段 9・22 富士遥かあぜのかりがね寒き朝

昇格 3段 10・13 **ライン引き残してつるべ落としかな**

11・17 午後の陽にバギーの寝息銀杏散る

11・24 南口きみ片待つや去年の冬

昇格 4段 12・8 蜜柑「け」とばっちゃが降りた無人駅

2017

昇格 5段 1・5 御降りの洗いて清し富士青し

昇格 6段 1・26 **銀盤の弧の凍りゆく明けの星**

2・2 帯とけばころり福豆二つ三つ

2・23 菜の花や厨に眠るあさり貝

3・2 桃色の先になくなる雛あられ

3・16 花びらも乗車するなり春隣

降格 5段 5・18 ハムサンド芥子おおくて夏は来ぬ

昇格 6段 6・1 紫陽花の泡立つ車窓午後の雨

2017

- ● 6.8 あるじ無き病室の窓四葩咲く
- ○ 6.29 星空の螺鈿を恋ふる夜光虫
- ● 8.24 いさばのかっちゃスカーフはあけびの色　（7段 → 昇格）
- ○ 8.31 絵日記のはみ出すほどに茄子の牛
- ● 9.14 夜学果てまだ読みふけるおとがひよ　（8段 → 昇格）
- ● 11.30 えり足に冬の風ありＬＩＮＥ消す　（7段 → 降格）
- ● 12.7 手袋の中の指輪よ再会よ

2018

- ○ 1.4 ざくざくと空切りひらく雪下ろし
- ● 1.25 じっちゃんの咳ひとつ澄んだ空　（8段 → 昇格）
- ● 2.1 春待つや恵方知らせる店の声
- ● 2.8 別珍の手触りのして梅の香よ
- ● 2.22 春の日は練り羊羹の甘さかな
- ● 3.1 天領に吹く風やさしつるし雛
- ● 3.8 友ふたり卒業の日の病室に　（9段 → 昇格）
- ○ 4.12 空のあを富士の蒼へと飛花落花

5・24 ● 木漏れ日を蹴散らし子らは夏に入る
5・31 ● おさな子の乳房ふくめる玉の汗
8段 ↙ 降格
6・21 ● 曇天に俯く北の濃紫陽花
6・28 ● **道ばたの花束ひとつ虹立てり**
9段 ↖ 昇格
7・12 ● 原子炉と共に溽暑に眠る町
7・19 ● **嬰児の寝息の熱し砂日傘**
10段 ↖ 昇格
8・9 ○ **旱星ラジオは余震しらせをり**
9・6 ● 震禍の港あふるる笑顔初さんま
9・13 ● 長き夜に母の声音の「ぐりとぐら」
9・27 ○ **廃村のポストに小鳥来て夜明け**
11・29 ● 関東炊き竹輪麩足して待つ帰り
12・6 ● 義士の日のまねきに白く降る夜空

2019

1・3 ○ 万華鏡めける結露や初明かり
1・10 ● 札止めの墨色の濃さ初芝居
1・24 ● **牢名主のごと自販機のおでん缶**
★1 ↖ 前進

2019

2・14　ビル街や窓にあまたの山笑ふ

2・21　★2　前進↖　**水やりはシジミ蝶起こさぬやうに**

2・28　★3　前進↖　**紙雛のにぎやか島の駐在所**

4・4　**鷹鳩と化すカフェオレの白き髭**

4・11　店先の香箱座り暮れの春

4・18　退院の雲なき空やつばくらめ

4・25　★2　後退↙　手放せぬティッシュの甘く養花天

5・16　★3　前進↖　**緑青のカラン石けんネット揺れて夏**

5・23　★2　後退↙　薄暑なり日常を行く喪服の吾

7・25　鯉やはらか喜雨に水輪の十重二十重

8・22　★3　前進↖　秋夕焼機内に遺影の席ひとつ

10・10　徒歩で行く免許返納秋の風

10・24　★2　後退↙　茎漬けに添へて売り子の土地訛り

11・21　★3　前進↖　**乗り換へのマフラーの波寡黙なり**

12・12　★2　後退↙　笹鳴の庭後にして帰京せり

2020

○ 12・26 初旅やほのかに匂ふポリ茶瓶

○ 1・3 湯豆腐にすの立ちはじむ四方の春

◉ 1・16 **爪革の紅のさくさく霜柱** ★3 前進↖

◉ 1・30 **春近し鳩居堂二階句帳買ふ** ★4 前進↖

● 2・6 白髪の薄色に染め春立ちぬ ★3 **後退**↙

● 2・13 長閑なりかの日の屋上遊園地

◉ 2・20 **花粉来て獺の祭りのごとちり紙** ★4 前進↖

● 3・26 **給食費払へぬあの日の養花天**

○ 4・9 風呂なしの四畳一間の三葉芹

● 4・16 まかないの独活あえ清し春の暮

● 4・30 平成の蓬冷凍庫に眠る

◉ 5・7 花束の出来る工程春深し ★5

永世名人へ昇格！

初回作品から句集完成までの道のり

句集へと掲載する50句が決定し、梅沢富美男が夏井いつきとともに俳句を始めた当時から現在までを振り返る特別対談を実施しました。「おっちゃん！ 永世名人なんだから、そろそろこのくらいわかってよ！」「なんだとっ！」といった掛け合いの背景にはどんな思いがあったのでしょう。番組では見ることのない、2人の素顔。これまで明かされることのなかった心のうちを聞きました！

夏井いつき

「才能アリ」に可能性を感じた俳句の入口

——梅沢さんがはじめて俳句を詠んだ時のことを教えてください。

梅沢　番組から最初にオファーをいただいた時は、どうやって俳句を作ればよいのかまったくわからない状態でした。季語を選んではめ込むらしいぞ、とその程度の知識。あまりにもわからないことばかりだから、まずは本を買って読んでみようと思ったんです。ただ、ページをめくってみたものの、難しくて理解できないことも多くて。でも、俳句は舞台のセリフでよく使われる七五調のリズムだとわかったので、「もしかしたら詠めるかもしれないな」とも思い、軽い気持ちでスタートしたんです。

夏井　最初の俳句は、「頬紅き少女の髪に六つの花」ではなかったですか？　雪の結晶が六角形なので「六つの花」と表現して、黒い髪にそれが引っかかっているということを詠んだ句ですよね。番組

対談

梅沢富美男

スタート当初は全員が下手だったんですよ。その中で、「あ、この句だけがちゃんとした句になっているな」と思って。それが梅沢さんの句だったんです。

梅沢　リズムにも親しみがありましたし、俳句に必要な言葉を親父の時代にはよく使っていたんですよ。そうした背景もあって、番組で「才能アリ！」もいただいて、俳句の入口はそんなに苦しくなかったんです。

夏井　私はしばらくの間、梅沢さんは役者の習い事の一つとして俳句をなさっていたのかと思っていたんですよ。随分後になって、実は作ったことはなかったということをお聞きして。俳句の「五・七・五」につながる、七五調や五七調のリズムがセリフ回しで身体に染み付いていて、韻律の問題はすでにクリアしていらっしゃったんでしょうね。他の人は指折っては、「五にならない」とかブツブツ言っていたりします。韻律は簡単なように見えて身体がそのリズムを覚えるまでに時間がかかるものなんです。梅沢さんは、ご経験からそこはひょいと越えていらっしゃったんだろうなと思います。

褒められて伸びていった俳句の力

——スタートから順調に俳句の力を伸ばしていったのですか？

梅沢　それが……、入口はよかったんですがセリフのように言葉を並べるので語順が悪いと、もう夏井先生に何回も何回も叱られて。

夏井　セリフや歌詞を書いていらっしゃる方は、意味がわかるような語順にしようとするんですよね。俳句というたった十七音の短さで勝負するとなった時に、意味がしっかりわかるように書こうと思うと、どうし

ても散文的になってしまうんです。その点は、一種の職業病みたいなものです。

梅沢　掲載した句が50句ですが、語順が悪いと指摘された句は200句ぐらいありますよ！

夏井　あはは！

――夏井先生から褒められて印象に残っている句はありますか？

梅沢　「廃村のポストに小鳥来て夜明け」ですね。この句を詠んだ時に、「うまい！」と言われて。「あんたは続けていくとどんどんうまくなるよ」と。私は、褒められて伸びるタイプなんですよ(笑)。役者でもそうですが、怒られて伸びる人と褒められて伸びる人がいる。私は子役だったので、「上手ねー！」「よく覚えているわね！」とずっと褒められて育った人間で、「ダメだ」と言われると落ち込んじゃうんです。先生に褒められて、単純だけど「あ、いける」と思ったんですよね。

夏井　あれはいい句でしたからね。それから、初期の作品で「ものを見る目がついてきたな」と思ったのは、「銀盤の弧の凍りゆく明けの星」の句ですね。きちんと観察するということがわかりだしたように感じました。また、永世名人になってからは「桜薬降るハシビロコウ瞬く」の句で、「桜薬降る」という長い季語とハシビロコウを取り合わせて、幅を広げようと挑戦している姿勢を感じました。

梅沢　私の俳句を期待してくださり、ありがたいけれどプレッシャーを感じることもあって。例えば、私の俳句が学校の教材の中に掲載されたんですよ。中学までしか出ていない私の俳句が、学校で扱われるなんてね。

夏井　それはいい作品だからですよ。

　梅沢さんは、着実に俳句の筋肉をつけている人なので、どこかでガクンと落ちることがない。例えば、東国原（英夫）さんは一句に要素を詰め込みすぎて何を伝えているのかがわからない時期があったんです。その後、十七音の器がわかって、そこからグンと伸びた。フルーツポンチ村上（健志）さんは、ずっと短歌をなさっていたから調べはわかっているんだけれど、十七音に無理やり自分の気持ちを入れ込みたくなってしまった時期があって。

「それは季語に託すんだよ！」って言ったら、「季語嫌い」とか言いだしちゃう。梅沢さんが一番、偏らずに積み上げてきている人だから筋肉の分厚さがあると思いますよ。

私のレベルは小学生⁉

――シュレッダーや添削をされる時にはどんな思いでご覧になっているんですか？

梅沢　夏井先生に直される時は、毎回すごいなぁと思っているんですよ。添削されると、「あ、いい」って心から思っちゃう。だからこそ、夏井先生に褒められるとすごく嬉しいんでしょうね。

夏井　添削の際に、私が直していると、モニターの向こうで、「あ、いい！」とか大きな声をあげてくださるじゃないですか。私は「そうだろう」とか思いながらやってるんですけれどね。ただ、一つ言わせてもらうと、直して「あ、いい！」となるのは、その句の中に詩の核がちゃんとあるからなんです。平場の方の句を直して、「直したところで凡人です」ということもあるでしょう？　あれは直すことで意味は通じるようになるけれど、詩のかけらもないということなんです。特待生や名人の皆さんが作ってくださった俳句の中には、核たる詩があるので、ちょいと直せば作品として本当に素晴らしいものになるんです。

梅沢　番組に慣れた頃に夏井先生に「私のレベルはどのくらいなんですか？」と聞いたことがあるんです。そうしたら、「まあ小学生ですね」って言われたんです。で、「ほかの方々は幼稚園じゃない？」とも。松山に行った時に俳句の大会を見学に行ったんですよ。そうしたら、私が小学生レベルというのに納得しました。季語を提示されたら、その季語を使って俳句を作り、かつ相手側が作った俳句に対しても的確に指摘をするんです。私たちみたいに一句作るのに、２日も３日もかけていない。俳句を即興で作る力を見せつけられました。

夏井　特殊な場面を見てしまったねぇ。俳句は即興の要素はもちろんあるので、それは否定しないけれど、じゃあ即興でできればよいのかっていうとそれもちょっと違うんですよ。即興が楽しい人もいれば、じっくりと自分の中で熟成したいタイプの俳人もいる。吟行といって俳句を作りにハイキングのように歩き回るのが楽

しい人もいるし、私たちが書斎派と呼ぶような一人で閉じこもって詠みたい人もいる。楽しみ方はいろいろあっていいんですよ。

梅沢　そうですね。大会を見て、さらに街中に俳句があふれている松山を歩いていて、こういう土壌があるから俳人が生まれるんだなと思いましたよ。やっぱり私は小学生だな、とも。でも、小学生だけれど、いい俳句を詠みたいなとも感じたんです。

夏井　着々と力をつけていきましたから、たいしたもんだなぁと思っているんですよ。演者として、「続けていくことの意味」みたいなものをお持ちなのが強いのだろうなと思います。「ずっと続けていくことで何者かになれる」という成功体験をお持ちだから、俳句も続けてくださるんだと思うんです。こうした成功体験を持ってない人はすぐに「俺には才能がないからダメだ」と逃げるんですよ。逃げた瞬間に今までつけてきた俳句の筋肉が一気に衰えちゃう。それに対して、梅沢さんは俳句の王道を歩き続けるという意志を絶対に曲げないでしょ。よっぽど頑固なんでしょうが（笑）。それが偉いなとも思うんです。

歳時記と仲良くなるおもしろさ

――俳句を提出する時は、緊張なさるものですか？

梅沢　夏井先生には俳句から「背伸びをしようとしたんだろうな」とか、ことごとく見破られちゃうんですよ。舞台でも、芝居がうまくなったつもりになって難しいことをして大きくこけることがある。そうしたことをちゃんと見抜くんですよね。

夏井　俳句というのはおそろしく正直な鏡ですから。それははっきりわかりますよ。だから私もしつこく、実体験ほどオリジナリティとリアリティのある俳句のタネはないと言っているんです。ちゃんと言葉のバランスを取って、一句にまとめることのできる力をつけていくことですね。ちゃんと筋肉がついていたらフィクションだって、背伸びした題材だって、形にできるようになるんです。

ところで、梅沢さんはいつ頃から歳時記を手にするようになったんですか。

梅沢　番組で俳句を始める時に基礎のレクチャーがあるかと思いきや、まったくなかった（笑）。番組のディレクターから「季語を見つけて五・七・五にしてください」と言われたので、何か教科書的なものがないかと思って、歳時記を買ったんです。
夏井　じゃあ、かなり早いうちに歳時記と仲良くなったんですね。
梅沢　あれがないと俳句作れませんよ！
夏井　重いけれど、開くだけで歳時記は楽しいでしょ。
梅沢　楽しい。すごい本だなって思います。
夏井　私、歳時記めくりながら、酒飲めますもん。俳句を作るために開くのはもちろんですが、何の目的もなく開いて拾い読みするだけでも、雑学を知る楽しさがあります。
梅沢　知らないことを知る楽しみですね。少し前に、チューリップという季語には、傍題として「鬱金香《うっこんこう》」という和名があると知ったんですよ。そんなことを知ったら、誰かに言いたくなりません？　人間ってバカでしょ。昨日覚えたばかりだっていうのにすぐに話したくなる。そんなおもしろさがありますよね。

「長い目で見守ってあげてください」と言う小学生の熱烈ファン

――梅沢さんが俳句の筋肉をつけているなと感じるのはどのような瞬間ですか？
夏井　私が感心しているのは、他の方の句を見て、助詞の指摘などがすごく当たるようになったことですよ。
梅沢　一般の方々のレベルであればわかるようになったんです。ただ、「こういうふうに助詞を使っているからダメなんだよ！」と指摘はできるんですが、浜田（雅功）さんから「では、どう変えたらいいですか？」と聞かれるとわからない。急に答えられないよね。だから、「急に言われても」と言っちゃうの。それを夏井先生は「おっちゃん、永世名人なのに情けないね！」と言って笑いにしちゃう。これはすごいよね。
夏井　毎回おっちゃんがどんなボール投げてくるか全然わからないでしょ。台本もないしリハーサルもないし、アドリブしかないんだから。まあ、そのスタイルは私は嫌いじゃないんですよ。リハーサルがあるほうが鬱陶しいもんね。
梅沢　「このババア！」なんて言ったら、普通だったら大炎上になるじゃないですか。でも、夏井先生は「あぁ、ババアだよ」って返してきて、笑いが生まれて、みんなが楽しくな

るんですよ。
先日、四国に行った際に、小学校5年生の子が私に「夏井先生をババアって言わないでください」って言いに来たんですよ。でも、その時に、「やった！」って思いましたね。みんながそういうふうに観てくれているってことでしょ。
夏井　私は、逆パターンがありますよ。ご家族でサイン会に来てくれた小学校4・5年生ぐらいのお嬢ちゃんが、「私は梅沢さんのファンです」と言って、「ババア、ババアと言われて先生もお腹立ちでしょうが、長い目で見守ってあげてください」と伝えてきたんですよ。小学生に「長い目で見守ってあげてください」って言わせるとは。すごいファンがいるなぁと思ったんですよね。
梅沢　今や、名コンビとすら言われているらしいですもんね。
夏井　私の句会ライブに来ていた方にね、「先生はお芝居の経験があったんですか」って聞かれたことがあったんですよ。「あるわけないじゃないですか」って言ったら、「なぜ梅沢さんとの掛け合いのセリフを、一言一句間違えずに、タイミングも全部バッチリなんですか。毎回どれだけお稽古をなさってらっしゃるんですか」って言われて。「何を言ってるんだ、このじいさん」って思いましたよ。「そんな練習、1秒もしていないですよ！」って（笑）。
梅沢　夏井先生がいいのは、いいことはいい、悪いのは悪いってはっきりしているところですよね。そこに嘘偽りがない。それで、「なんでこれが悪いのか」をきちんと説明してくれる。テレビを観ている人はそれがわかりやすいんですよ。誰かに対して忖度も一切ないですしね！
夏井　俳句について聞かれているので応えているだけで、その人を批評してるわけじゃないからね。忖度なんていらないでしょうよ。この番組やるにあたって、番組から「厳しくしてくれ」とか言われたことは一度もないんですよ。だから、いつもの調子で、ええもんはええ、悪いもんは悪いと言っていたんです。そしたら、「毒舌」と言われるようになって、「何が？」と思ったんですよ。

「プレバト俳人」の増加を実感！

――「プレバト!!」で俳句を続けてきて、俳句の輪が広がってきていると感じますか？
梅沢　テレビ関係者の人は、まさか俳句がこんなにブームになるなんて、と思っているかもしれませんね。

夏井　「プレバト!!」はちゃんと俳句をまっとうに語らせてくれるんですよね。俳句に向き合ってくださっていますし。私のところに来る依頼の中には、「俳句をちょいと使ってやるか」というような臭いがするものもあるんです。この感覚の違いわかりますかね？　俳句を道具に使うのではなくて、俳句と向き合ってほしいんですよね。
梅沢　番組の総合演出の水野（雅之）さんがスタッフに「みんな俳句を勉強してください」と言ったらしいんです。「俳句を理解していないと、この番組の編集ができるはずがない」くらいのことを伝えたらしくて。本気だな、と感じますよね。
夏井　スタッフの「俳句脳」が育っていくと、番組がわかりやすくなっていきますよね。
　最初の頃は、私、スタッフと大喧嘩していたんです。わけがわかんないことばっかり言うもんだから。「句またがり」って伝えたのに、「くまにまたがり？」って言い返してきたりして。もう私、激怒して（笑）。そういったことが最近はなくなりましたからね！
梅沢　それはひどい間違いだ！（笑）
夏井　私は「句会ライブ」で日本中を巡っているんです。この活動を始めた25年ほど前は、参加するのは元々俳句に興味があったり、「もっと上手になりたい」と思っている方々だったんです。でも、今は、「『プレバト!!』を観てます」っていう人たちが来てくれるようになりました。「先生がどれだけおっかないか見に来ましたよ」ぐらいの感覚で参加してくださる。毎回、500人前後集まってくれるんですよ。コロナ禍前は1500人くらいの会場もありました。これは「プレバト!!」という番組が、たくさんの種を蒔いてくださっているからに他ならないでしょう。そして、それをキャッチした人が、自分の踏み出す一歩として句会ライブを選んで、実作を体験してくださるのだと思います。種は確かに芽吹いています。
梅沢　句会ライブでは自分の俳句をあっという間に作って、選んで、競い合うんですよね？　すごい迫力ですね。
夏井　そうそう。みんなで一緒に俳句を作って、その場で選んでいくんです。決勝には7句を選出して、その中から会場にいる人全員の多数決で1位を決めるというイベントです。最近では、決勝に勝ち残る人の多くが、どこかで俳句をお勉強しているわけではなく、「プレバト!!」を観てるだけの方だったりします。そういう人

たちを私は「プレバト俳人」って呼んでいるんですが、そのプレバト俳人の質と量が明らかに変わってきていると感じます。

番組で、梅沢さんなどの名人たちの作品を鑑賞しながら、そして平場の人たちの作品への指摘を観ながら俳句の力を高めているんでしょうね。「あ、自分も平場の人たちと同じ間違いをしている」と気づいて、どんどん俳句の筋肉をつけていっているのだと思います。

何歳になっても学ぶことを楽しむ

——梅沢さんにとって俳句とはどういった存在になっていますか？

梅沢　私は、子役をしていたので学校に通えないことも多かったんですよ。そんな私にもう一回勉強をするチャンスをくれたのが俳句でした。しかも役者にとって重要な言葉の勉強をさせてもらえた。役者はその役になったつもりでセリフを言うでしょう？　俳句を始めてから、その役の気持ちになって話す力に磨きがかかったように思います。それに、どんな人と話をする時も言葉を愛して、会話を交わせるようになりました。

夏井　何歳になっても学ぶことが楽しいと思えているっていうことが、頭の稽古だったり心の稽古だったりするわけですよね。

梅沢　ボケ防止には絶対になりますよ。それに、紙と鉛筆さえあれば俳句はできますしね。

——梅沢さんのこれからにエールをお願いします。

夏井　俳句の上達にしたがって技術的なアドバイスの質は変わってくるでしょう。けれど、学ぶ姿勢に対して、梅沢さんにアドバイスするようなことは全くないんです。最も理想的な学び方と学ぶ態度をお持ちですよね。俳句は芸事ですから、はなから疑ってかかる人は全然上手になりません。ひとまず言われたことを、「はい」と言って、1回やってみる。そういうのが俳句において大事な上達の姿勢なんです。この姿勢があれば、あとは着々と技術を積み上げていくだけです！

梅沢　夏井先生は俳句のことしか頭にない人なんですよね。俳句に関するお仕事だったらどこへでも飛んで行く。そんな姿を見て、俳句の種を蒔くお手伝いとして、私ができることもあるんじゃないかと思っているんです。私が俳句を学んでいくことで、その種をもっと蒔いていけるなら、頑張っていきたいですよね。

第三編

梅沢富美男の学び

「プレバト!!」の俳句コーナーでの添削例を厳選。梅沢富美男の学びを振り返ります。

おひねりや子役の見得に夏芝居

作句の背景

地方では見世物小屋でこども歌舞伎をしていることがあるんです。そこで子役が立派に「パッ」と見得を切ると、大人たちは拍手喝采で、おひねりを投げてくれます。子役に向けてのおひねりなので、ティッシュに包んだ100円玉だったりお菓子だったりする。そんなシーンを句にしました。

添削

おひねり~~や子役の見得に~~夏芝居

の飴よ硬貨よ

◀

おひねりの飴よ硬貨よ夏芝居

素材はよいが、中七が説明的

季語は「夏芝居」。怪談や水物などが代表的な演目で、夏の暑い最中、涼しく観られるものが選ばれます。

役者らしい着眼点で俳句の素材を選んだのはよいのですが、もったいないのは中七の「子役の見得《みえ》に」で、説明になってしまっています。

芝居で「おひねり」が飛ぶのは、役者が「見得」を切った時ですよね。ならば、「おひねりや」とあれば、あえて「見得」と説明の言葉を入れなくても、読者は十分わかってくれます。

さらに「子役」と書かなくても、子役への「おひねり」かなと想像させることは可能です。

作句の背景にあった言葉を使いましょう。

「おひねり」の中に入ってるのが、「飴」や「硬貨」なのですよね。それを書けば、子役へのおひねりではないかと想像できます。

また、「〜よ〜よ」とすることで、いくつもいくつも投げられていることがわかり、賑やかな歓声まで聞こえてきます。

秋の灯に透かす卵に命あり

作句の背景

昔は卵を買いに行くと裸電球がつるしてあって一個一個光に透かしてから買っていました。その中にたまに有精卵が混じっていると、うっすら血管が入っているのが見えるんです。「この卵の中に命があるんだな」と感じた思い出を書きました。

添削

秋の灯に透かす卵に命あり

（灯……電球　透かす……かざせる　命あり……有精卵）

▼

電球にかざせる秋の有精卵

叙述が散文的

表現したい内容は悪くはないのですが、「〜に〜に〜あり」という叙述が散文的です。さらにいうと、下五の「命あり」という着地も、「そ〜ら見てみろ」というかのような、自分だけ気持ちよくなってるような印象を受けます。

季語は「秋の灯」ですが、作句の背景によると、「卵」を主役にしたいのではないかと思います。ならば、そのように展開してみましょう。

「灯」とかっこよくいおうとせずに、「電球」という言葉を入れて臨場感を出します。

さらに、「卵に命あり」と陳腐な表現に終わるのではなく、「有精卵」と書いたほうが説得力がありますよね。こうすることで、季語「秋」が、豊かな命をイメージさせてくれます。

下五に「命あり」なんていわなくても、読者は卵の中に「小さな命のひかりがあるんだなあ」と読んでくれるのです。

真珠婚妻の手の染み冬紅葉

作句の背景

私たち夫婦は、結婚して30年になるんです。これまで忙しくてろくに旅行もできなかったので、「旅行でも行ってみる?」と初めて二人で温泉に出かけました。久しぶりにつないだ妻のちいさな手は昔と違って冬紅葉のように、薄赤いような薄茶のようなシミがありました。あぁ俺が苦労させたからだなと思い見つめて、そのシミもまた愛おしさを感じたという一句です。

添削

真珠婚妻の手の染み冬紅葉

も愛し

の

▼

手の染みも愛し紅葉の真珠婚

語順を整理する

「真珠婚」の句を作ろうという、殊勝な夫の心を褒めたいとは思いますが、この語順では、「妻の手の染み」がワル目立ちします。言ってしまえば、「ちょっと機嫌をとっておけばいいかな」くらいの気持ちが見え隠れするのがもったいない。本当に、心から妻のことを愛していることを詠みたいならば、小さなところにもう少し配慮して、奥さまが喜んでくださるような一句にしましょう。

まず不要な言葉がありますね。「真珠婚」とあれば、「妻」と書かなくても想像できるはずです。「妻の」とわざわざ書くとあざとさが出てしまいます。

また、「冬紅葉」ではなく、「紅葉」でもいいと思いませんか。「冬紅葉」では、この後、枯れていくだけ……という感じもしてしまう。結婚記念日が冬ならば申し訳ないですが、私は「冬」はいらないと思います。


つまり、「冬」と「妻」を外せばいいのです。

語順は手のアップからいきます。「手の染み」からです。手の染みに対して、「迷惑かけたな、悪いことしたしな」と感じ、愛おしさを感じているという思いを込めましょう。

添削すると、「紅葉」の赤に対して、「真珠婚」の白のイメージもさりげなく対比できますよね。

〆に出るオモニ自慢の干鱈汁

作句の背景

昔からずっと通っているオモニ（韓国語で「お母さん」の意味）が営んでいる焼肉屋。オモニはいつも何かとお客の世話を焼いています。そして、〆には必ず「お酒を飲んだあとにいいよ〜！」と自慢のプゴク（干し鱈のスープ）を出してくれるんです。その様子を詠みました。

添削

酒足りてあとは

〆に出るオモニ自慢の干鱈汁

◀

酒足りてあとはオモニの干鱈汁

説明せずに情景を

題材は悪くないのですが、上五の「〆に出る」が説明的です。「〆に出るものですよ、それが干鱈汁ですよ」と、説明をしてしまっているのです。

さらにいうと、中七の「自慢の」というのも半分説明ですよね。自慢と書かずに、自慢のメニューなのが伝わるようにしましょう。

〆の干鱈汁を楽しみにしてることを書けば、おいしいに違いないということが伝わります。

きっとお酒を足るほど飲んでいるのでしょうから、「酒足りて」

からはじめましょう。そして、「あとは」と書けば、もうそろそろ、オモニ自慢のあのスープが出てくる頃じゃないかなと、常連客たちが待っている様子が出てきます。いよいよオモニが嬉しそうな顔をして干鱈汁を持ってきてくれるわけです。

お酒の後に、注文しなくても必ず出てくる自慢の一品。人間関係も含んだ、そういう情景が立ち上がってくるでしょう。

ややわやわと陽のあくび巻く春キャベツ

作句の背景

三浦半島で春キャベツを見て、その葉がやわやわとしていたんです。ふんわり緩やかに巻いて、新鮮で甘いんですよね。目を転じて空を見上げると、陽がやわらかだったので、「陽のあくび巻く」という表現を持ってきました。

添削

やわやわと陽のあくび巻く春キャベツ

おひさま

を巻いて

▼

おひさまのあくびを巻いて春キャベツ

調べを内容にあわせる

発想はかわいいですよね。「春キャベツ」の柔らかい特徴を「陽のあくび巻く」と感じとっているところがとてもよいです。おひさまのあくびを巻いたかのような春キャベツがあった、という意味ですね。

せっかくすごくよい表現をしているのに、上五の「やわやわと」というオノマトペが惜しい。これを入れることによって、調べが窮屈になってしまっているんです。ゆったりとやわらかな内容と、調べが似合わない。

「やわやわ」というオノマトペは、「陽のあくび」と「春キャベツ」の感触を表現したのだと思いますが、そもそも「春キャベツ」は柔らかいものですから、あえて「やわやわ」という感触は書かなくていいんです。

季語を信じましょう！　このオノマトペは音数の無駄使いです。削った五音を使って、ゆったりとした調べをつくっていきましょう。

「陽」は、柔らかさを出すためにひらがなで「おひさま」と表現してみてはいかがでしょう。

そうすると、調べが柔らかくゆったりして、最後に春キャベツがドンと出てくるという表現ができるのです。

コラム

梅沢永世名人が選ぶ、永世名人・名人・達人

現在一番頑張っているのは、(千原)ジュニアくんだろうね。彼は物事に対しての取り組み方がまじめなんです。番組でも「まじめ」といわれて嫌がっていましたけれど。俳句も絵も、まじめだから向き合うんです。

「手花火の火に手花火と手花火を」

特にこの句はすごいなと思ったね。一つの手花火に火がついて、それが他の手にわたっていくという見たままを詠んだ句で。情景が思い浮かぶじゃないですか。こういう俳句はなかなか詠めない。感心しました。

素晴らしいなと思ったからといって、私が同じような句を詠むかという

と、詠めないですよね。それぞれの感性が違うので。句にはキャラクターが出るんですよ。

作者ごとのこの違いは、視聴者のみなさんも感じていると思います。

フルーツポンチ村上（健志）くんはメルヘンチックに目の前30センチの世界の俳句を詠む。メルヘンチックな俳句はそういう生活をしていなければ詠めないですよね。私は小さい頃は貧しくて、さらにはその後は役者の世界で上りつめていかなければいけなかったので、メルヘンにはなりようがありません。

東国原（英夫）さんはすごく俳句を勉強して詠んでいる。社会風刺的であったりホラーっぽかったり。

俳句にはそれぞれの感性が映し出されていて、そこが詠み手に響くよさになる。普通に考えると十七音で自己紹介はできないですよね。それが、俳句であれば十七音で人となりを映し出せる。ここが俳句のおもしろいところですよね。

紫陽花の蒼きはぜるや雨しとど

作句の背景

夕立のような激しい雨が庭の紫陽花を打ち続けています。それにより、紫陽花が跳ねているように動き続けている。「蒼きはぜるや」はその様子を詠みました。

添削

紫陽花の蒼きはせるや雨しとど

よ　蒼　に

▼

紫陽花の蒼きよ雨にはせる蒼

言葉の質感をあわせる

非常に感じ方のよい句ですね。一番いいところは、「はぜる」という言葉を見つけてきたこと。この「はぜる」という言葉のおかげで、紫陽花の色彩だけでなく、動きが綺麗に出てきます。ここは強く褒めたいところです。

もったいないのは、「はぜる」という動詞に対して、「しとど」の質感の重みです。一句の中で言葉がケンカしてしまっています。「はぜる」には勢いがありますよね。パタパタパタパタと雨で揺れ動く。そんなイメージが伝わります。一方で、「しとど」は、雨や汗や涙などでグッショリと濡れているような表現に使うんです。「しとど」を使うことで、せっかくの「はぜる」の鮮度が落ちてしまうんです。

この句の場合、「しとど」さえ外せば、とてもよい句になるんです。まず、「紫陽花の蒼きよ」と、その色を軽く詠嘆し、そこに視線を集めておいて、次に「雨」にいき、「雨にはぜる蒼」と動きを描写すると、雨の強さが見えてきます。

「紫陽花の蒼きよ雨にはぜる蒼」とすると、動きがクローズアップされていくような描写になりますね。雨が脇役に退き、「蒼」がちゃんと引き立っていきます。

永らえて短夜をなは持て余す

作句の背景

若い頃は寝ても寝ても眠かった。寝坊するくらい寝たこともあったのに、この年になるとこんな短い夏の夜であっても何度も夜中に目が覚めてしまう。我ながら年をとったもんだなぁと思ったという実体験を詠んだ一句です。

添削

巡業の

~~永らえて~~短夜をなは持て余す

▼

巡業の短夜をなは持て余す

「梅沢富美男らしさ」を出す

一見、しみじみときれいにできている句に見えますが、初老となった人間は皆、こんな具合に「短夜」を「持て余す」ものですよね。日本中の高齢者の誰が作ってもおかしくない、という類いの句です。「梅沢富美男らしさ」というオリジナリティを入れないと、作品としては食い足りません。

問題は「永らえて」。この五音を工夫するだけで、「梅沢富美男らしさ」を出すことはできます。中七下五をそのまま活かして、上五だけで何ができるか。色々試してみましょう。

例えば、「梅沢富美男劇団は地方を巡っている」というならば、「巡業の」と入れると、「巡業の短夜をなほ持て余す」となり、旅の一座の雰囲気が出ますよね。

また、おっちゃんは、恋多き男だったんでしょ？　そしたら「逢いみての」と入れて、「逢いみての短夜をなほ持て余す」となり、「あなたと逢ったことによって、短い夜をなお持て余しております」という老いらくの恋を表現することができます。

「梅沢富美男らしさ」を出す方法はたくさんあるんです。やらなきゃ！

コラム

子どもたちからの応援レターに励まされる

子どもたちからたくさんの応援レターをいただきます。本来なら、私は子どもに嫌われるキャラクターだと思うんです。怖い、怖いって言われますからね。それが、「プレバト!!」を観ている子どもたちには、熱く応援をしてもらえているんです。

メダルを作って送ってくれたりテレビの前で「おっちゃん頑張れ!」と手をあわせている写真を送ってくれたり。「お弟子さんにならせてください」という手紙もありますよ。話すことがあまり得意でない子が、「おっちゃん頑張れ」とテレビに向かってつぶやいて、そこからあふれるように言葉が出てくるようになりましたというお母さんからのお手紙もありました。

私は理屈で俳句を詠んでおらず、感性で詠んでいる。だから、子どもたちにもウケたのではないかなと思います。

　番組的にいうと、『アンパンマン』でいうバイキンマンのような存在なのかもしれませんね。実は手紙でもそんなことを言われたことがあるんですよ。

　番組でおもしろおかしく話しているのを見て、こんなおっちゃんが俳句をしているなら自分もやってみようかな、という子どもたちが増えたら嬉しいじゃないの。それに、私の俳句を２０２１年版の教科書の副教材に掲載してもらったんです！　これにより、一層たくさんの子どもたちが目に留めてくれることになります。これも種蒔きの一つだと思うんです。

　ほんとうにありがたいことだよね。これからも応援をよろしくお願いします！

日々たくさん届く応援レター

白秋や漢字ドリルに書く名前

作句の背景

俳句をはじめてから、この年になっても読めなかったり書けなかったりする漢字がたくさんあることに気づいたんです。「プレバト!!」で字を書く度に反省しています。そこで、小学生や中学生のドリルを買って勉強をしました。人生の秋を迎えて、自分のために漢字ドリルを手に取った。これは自分のための宿題なのだなと感じたという句です。

添削

白秋や漢字ドリルに書く名前

の　我が　記す

▼

漢字ドリルに白秋の我が名記す

夏井先生の解説

意図が伝わるように書く

向学心に胸を打たれました！　コツコツと勉強しているから、小学生のファンが多いんだなと。

「漢字ドリル」としっかりと書いているところもよいですね。「ドリル」でごまかしそうなところを、「漢字」も書くことで、言葉を勉強しようとしているということをきちんと伝えられています。

もう一つ褒めたいのは、「白秋」という季語の選び方です。漢字ドリルに名前を書いているというだけならば、小学生でも書きますから、誰が書いているのかを伝える必要があります。そうした意味で、「人生の秋」に「漢字ドリル」で学ぼうとしているということをイメージさせるために「白秋」という季語を選んでいるのはよい選択です。

ただ、悩ましいのは、「白秋」という季語をどこまで、読者が読み取ってくれるかという点です。例えば、漢字ドリルに名前を書いている小学生が、俳句のことを勉強していて、この季語をちょいと選んでみたといった読み方ができなくもないわけです。そこを高齢者だとわかるようにダメ押しをした方が句としてはよくなります。

「漢字ドリル」のアップからいきましょう。「や」と詠嘆しないで、「白秋の」でつないでいきます。また、「名前」だと三音になりますが、「名」なら一音で済みますよね。「我が名」を「書く」ではなくて、「記す」とします。「漢字ドリルに白秋の我が名記す」とすることで、全体で十七音の破調の句となりますが、人生の秋にさしかかった人のイメージがしみじみと伝わるようになります。

名画座のフィルムの傷の雪雑り

作句の背景

昔の古い映画のフィルムには傷がたくさん入っていて、ザザザザッと雪雑《まじ》りの天気のように映像が荒れています。鑑賞を終え映画館の外に出ると、雪がちらついていて、「あぁ、映画と同じ季節なんだな」と感じた情景を詠みました。

添削

名画座のフィルムの傷の雪雑り

に

ざる

▼

名画座のフィルムに雑ざる雪の傷

季語「雪」を重層的に

「名画座」という共通のイメージを持つ固有名詞をうまく使っていますね。「名画座」という言葉だけで、日本各地の町にある古きよき時代の映画を上映する小さな映画館が立ち上がります。

また、「フィルムの傷」という表現も「名画座」のリアリティとして、読者の記憶を引き出します。

惜しいのは散文的な下五の「雪雑り」です。ここを「傷の雪」ではなく「雪の傷」と語順を変えるとどうでしょう。いずれにしても、季語「雪」は比喩として使うことになりますが、ほんの少し季語「雪」

を立たせることになります。

そして、中七を「名画座のフィルムの」ではなくて、「名画座のフィルムに」とします。「フィルムに雑ざる」と展開するんです。

語順を変えて「名画座のフィルムに雑ざる雪の傷」とすると、「傷」はフィルムにある傷であると同時に、画面の雪のようでもあり、名画座に通った懐かしい時代の雪の印象にも重なっていくのです。

舌先を花山椒に噛まれけり

作句の背景

僕が通っていた町中華のお店は、本格的に花山椒を使った麻婆豆腐を出してくれるんです。それがおいしかった！　はじめて食べたときに、その刺激から何か小さな生き物に舌をかみつかれたようだなと思った、という句です。

添削

舌先を花山椒に嚙まれけり

ぴりり

▼

舌先を嚙まれ花山椒ぴりり

擬人化を成功させる語順

この句で表現したい内容はわかりますよね。舌先にこうした感覚を覚えることにも共感します。

ただ、散文の語順になっているのがもったいないですよね。「舌先を花山椒に噛まれました」という一般的な文章に、最後に「けり」をつけて俳句っぽくしたという印象です。

下五の切れ字「けり」は、この状況が前からずーっとあったのに今ハッと気づいたというイメージの切れ字です。つまり、「さっきから舌先を花山椒に噛まれていたが、今気づきました」という表現になってしまうんです。反応が遅すぎますね。

まず、「舌先」と「噛まれ」の位置は近づけましょう。「舌先を噛まれ」とすると、「今まさに噛まれた」ということになります。何に噛まれたか、というと「花山椒」です。擬人化を成功させるためには、先に舌先を噛まれておいて、次に「花山椒」を持ってくるんです。

三音を自由に使えるようになったので、感触を描きたいならば「ぴりり」と入れてもいいですし、噛んだ瞬間の嗅覚を強調したいならば「かおる」としてもいいでしょう。

こうすると、季語「花山椒」が鮮やかに立ち上がります。

9年間の俳句への思い

役者の感性で詠み続けた十七音

ふと気づいた役者のセリフと俳句の共通項

はじめて俳句に触れた時、「セリフに似ている」と感じました。私は字が読めない子役の頃から役者をしています。母親がセリフを読んで聞かせていたものだから、今でも音で覚えることが染み付いているんです。字面ではなく、言葉に出して覚える。すると、俳句とセリフのリズムが似ていることに気がついたんです。節回しが7・7・7・5の七五調なのです。この七五調は、日本人が心地よく聞けるリズムで、演歌や歌謡曲でも広く用いられてきました。私の持ち歌『夢芝居』も「こ・い・の・か・ら・く・り・ゆ・め・し・ば・い」と七五調です。他にも、瀬川瑛子さんの『命くれない』や石川さゆりさんの『天城越え』なども七五調で大ヒットしている。

だから、5・7・5の俳句のリズムは自分に合っているのではないか、と思ったんです。実際に響きのよい俳句は作れました。これはいいことだと思うじゃないですか。でも、俳句を作れば作るほど、それだけではダメだということを痛感させられたんです。

例えば、意味が正しい助詞を選ぶのではなく、響きがよい表現をチョイスしてしまうんです。

本書で50句をご覧いただきましたがその3倍くらい、助詞の選択が悪くて、シュレッダーの憂き目にあったのではないかと思います。

さらに、語順も響きのよさを重視して、失敗することが多い。セリフとして発しやすい語順を選んでしまうんです。特に、肩に力が入りすぎるとダメ。私が下句にもってきた五音を上句に移動させられているのはよく見たでしょう?

七五調のセリフ回しで俳句のリズムにスッと入っていけた一方で、セリフっぽく俳句を詠んでしまい直されることが多々あったというのが実情なんです。

俳句のイメージが降りてきたタイミングを逃さない

お題をもらってからは、それがずっと頭の中にあって。ある瞬間にパッと思いついた言葉やシーンを隣にいるマネージャーにスマホでメモしてもらうんです。舞台の出番前に閃いてしまったら、自分で紙に書く時間なんてないですからね。その場で言わないと忘れちゃうんですよ。舞台でもそうで、他の役者に対して気づいたことがあったら、その場で言わないとダメ。どんな時でも、その瞬間を逃さないようにしているんです。

マネージャーからスマホのメモを後で送ってもらいます。それだけでは俳句の型にはなっていないので、どの季語を持ってくるか、どう表現するかをウンウン頭を捻りながら考えます。

一つのお題に対して、複数の俳句を詠みます。

読みあさっている俳句の書籍。2、3冊持ち歩き、隙間時間に読みふける。

その中で、今回はどれを提出しようか、またウンウン悩む。そんなことの繰り返しです。特に舞台の最中は、頭が役柄のことでいっぱいだから俳句を作ることも難しくなってしまうんです。俳句について必死で勉強をしています。ラクに俳句を作っていることなんて全くないんですよ！

俳句をはじめて理解した、母の言葉

俳句をはじめて、小さい頃に母に言われた言葉をようやく理解することができました。70歳を超えて、やっとですよ。

母親には、「いいかい、あんたは高い舞台の上に立っているんだから偉そうにしないで目線を下げて、お客様の目線になってお芝居しなさいね」と言われていたんです。「偉そうにしないで」というところまではわかります。でも、「お客様の目線になって芝居をする」ということがわかりきっていなかった。

それが俳句をはじめてみて、わかったんです。

母親は「芝居を見せている」のではなくて、「芝居を見ていただいている」という意識の重要性を指摘していたのだと思います。芝居を見にきているお客様は、笑いたい気分なのか、泣きたい気分なのか。明日はまた違うお客様なので、役者はまたその方に合わせて違う芝居をする。母親が言っていたのは、役者はお客様の色に合わせて演じることが求められる、ということだったのです。

俳句は同じお題であっても、詠み手によって全く異なる句になります。同じ兼題写真を見ても、私と他の永世名人や有段者の方々とでは、全然異なるものとなるでしょう。それは個々の感性でさまざまな視点からお題を見るからです。俳句をはじめたことで、その「多様な視点」ということを本当の意味で理解できたと感じています。

観察眼が磨かれて人間力も高まった

私は元々観察眼が鋭いほうで、それは俳句にも生かされていると思うんです。役者っていうものは、目の前の人を観察して、芸の肥やしにしますからね。例えば、ラーメン屋に行ってもただラーメンを食べているだけじゃない。「こうしたらラーメン屋っぽいんだな」「若いラーメン屋の店員はこういう感じなのか」と逐一観察している。それが実際に自分が演じる時に生きますからね。

俳句をはじめてから、この観察眼がより磨かれたように思います。俳句の世界でも、日々色々なものを観察する必要がありますよね。

美しい自然を詠む俳句を作っていますが、実は私は元々花なんて全然興味がなかったんですよ。パッと咲いてパッと散る、そんな潔い桜は好きだったんだけれど、他の花には興味なし。それどころか、道端にぽつんとコスモスが咲いているのを見ると、寂しくなっちゃってね。むしろ、見ないようにしていたくらいなんです。

　それが俳句をやってからはガラリと変わりました。季節ごとにどんな草花の生命力を感じられるのか、どう移り変わっているのか、色や質感はどう違うのかなど、興味を持って観察するようになったんです。今まで見ていた目線と全く変わりました。

　さらにいうと、人間力も上がったと思っているんです。「この人、嘘をついているな」ということがすぐにわかるようになった。これまでも人間観察は得意でしたから、目の動きや表情で見抜けることも多かったんです。それが俳句をやったことで磨きがかかった。「繕って話しているな」「うまいこと言おうとしているな」といったことを見抜けるようになったんです。俳句と同じで、嘘やごまかしをしていると、どこかでバランスがおかしくなるんでしょうね。

だから、役者は俳句をやったらいいと思うんですよ。観察眼を磨き上げる、よい訓練になるからね。

美しい日本語を感じるきっかけに

俳句は表現力を身につけられるよさもある。話下手な人がどんどんうまくなっていくほどに効果があると思います。さまざまなことに興味関心を持つようになるので、感性豊かに話ができるようになりますよね。

　最近では、すべてを「ヤバイ」で済ませてしまう若者を目にすることもあります。ピンチの時も「ヤバイ」、おいしい時も「ヤバイ」、感動した時も「ヤバイ」。せっかく日本語という美しい言葉を持っているのだから、その表現を大事にしてほしいです。自分が受け止めた感覚を的確に言葉にできたら、こんなに心がスッキリすることはないんです。

　もちろん、言葉も時代とともに変わっていきます。

夏井先生も絶滅寸前季語などを紹介していますしね。確かになくなっていく言葉もあるんです。一方で、新しく季語に加わっていくものもある。そうやって変わっていくものだけれど、日本語の美しさは失われずにいてほしいと願っています。

　俳句は日本語の美しさを後世に伝えてくれます。それを大事にしたいという思いを持ちつつも、正直にいうと私も偉人たちの本を読んでいて表現が難しくてわからないこともあるんです。俳句にはそんな難度の高いイメージもありますよね。だからこそ、中学までしか卒業していない私が俳句に打ち込むことで、多くの人が俳句に興味を持つきっかけになるのではないかと思っています。学問的なことはわからなくても、ストレートに自分の感じるままに詠むことで俳句を楽しむことができる。私のそんな姿を見て「自分もやってみようかな」と思ってもらえる……、こうした種蒔きができたのならば、俳句に打ち込んだこの9年間がより一層意義深いものとなります。辛抱強く刊行をお待ちくださった皆様に、9年間の軌跡であるこの句集をお届けできて本当によかったです。最後まで、大切にご覧いただきましてありがとうございました。これからも一緒に俳句を楽しんでいきましょう。

●番組制作スタッフ

チーフプロデューサー
上野大介（MBS）

プロデューサー
木米英治（MBS）
帯川航（吉本興業）
林敏博（ビーダッシュ）

総合演出
水野雅之（MBS）

制作プロデューサー
加茂忠夫
鈴木美帆

制作進行
福岡雅秀

演出
松田裕士
中田三浩
本間和美
鳥越一夫
山口博
佐々木卓也
宮原和音

キャスティング協力
田村力（ビーオネスト）

●書籍制作スタッフ

編集
佐藤智（レゾンクリエイト）
安澤真央（レゾンクリエイト）

編集協力
八塚秀美（夏井&カンパニー）
ビーダッシュ

撮影
森下里香

デザイン
熊谷昭典（SPAIS）
吉野博之（SPAIS）

カバー・本文イラスト
ムラタトモコ

校閲
早瀬文

進行
行田健太郎（MBS）

営業
島津友彦（ワニブックス）

句集　一人《いちにん》十《と》色《いろ》

2023年4月22日　初版発行
2023年5月 4 日　第3刷発行

著者　梅沢富美男
監修　夏井いつき

発行人　藤原寛
編集人　新井治
発行　ヨシモトブックス
〒160-0022 東京都新宿区新宿5-18-21
TEL 03-3209-8291

発売　株式会社ワニブックス
〒150-8482 東京都渋谷区恵比寿4-4-9
えびす大黒ビル
TEL 03-5449-2711

印刷・製本　株式会社光邦

ISBN 978-4-8470-7270-3